응, 잘 가
うん、さようなら

うん、さようなら

응, 잘 가
うん、さようなら

마에다 시로

이홍이 옮김
조은혜 그림

〈응, 잘 가〉 한국 공연은 극단 위대한모험 제작으로
2019년 2월 13일부터 24일까지 여행자극장에서 초연되었고,
같은 해 8월 4일에 제19회 밀양공연예술축제에 초청되었다.
그리고 2023년 3월 8일부터 19일까지 여행자극장에서 재공연되었다.

창작진 및 출연 배우는 다음과 같다.

작	마에다 시로
번안	이홍이
연출	김현회
기획	이다혜
무대	Shine-Od
조명	정유석
음악	김성택
음향	신동원
포스터디자인	전찬호
주최	극단 위대한모험

캐스트

안양	이은
동화	김초록
종삼	김보나
모란	류혜린
딸	박인지
손녀	지은진

차례

작가의 말

•

한국에서 <응, 잘 가>가 공연되고 출간까지 앞두고 있습니다. 대단히 기쁩니다. 한국의 친구들과 관객, 독자 여러분께 진심으로 감사의 말씀을 전합니다.

지금까지 몇 번이나 한국으로 여행을 갔습니다. 그때마다 한국 친구들은 늦은 시간까지, 때로는 아침이 되기까지 저와 먹고 마시고 이야기하며 정말 즐거운 시간을 함께해주었습니다. 저는 그런 친구들과 그들이 있는 한국을 무척 좋아합니다.

우리는 몇 해 전부터 워크숍을 함께했습니다. 그 워크숍을 기반으로 공연을 올리려고 했고, 드디어 어느 정도 준비가 되었다 싶었던 바로 그 무렵, 코로나가 세상을 덮쳤고 공연도 무산되고 말았습니다. 한일 공동 연출로, 한국 배우와 일본 배우가 한국어와 일본어, 그리고 이상한

영어를 구사하면서 서로 소통하고 웃음을 나누는 연극이었습니다. 언젠가 반드시 이 공연을 실현시키고 싶습니다.

한국에서 〈응, 잘 가〉는 김현회 연출가의 연출로 공연되었습니다. 직접 보지는 못했지만, 훌륭한 작품이었다고 들었습니다. 제가 신뢰하는 연출가의 공연이었던 만큼 그 평가는 결코 그냥 나온 말이 아닐 겁니다.

이 희곡은 상연대본을 정리한 것입니다. 이홍이 번역가가 일본의 이야기를 한국의 이야기로 훌륭하게 옮겨주었습니다. 덕분에 여러분에게 더욱 친근하게 읽히지 않을까 싶습니다.

무대의 배경이 되는 나라와 설정을 바꾼다는 것은 간단한 일이 아닙니다. 감각은 물론, 깊은 지식과 고된 노력이 필요합니다. 사랑이 없으면 불가능한 일입니다. 저는 한국어를 모르지만, 제가 신뢰하는 한국의 연출가와 배우들이 입을 모아 감탄한 한국어 대본입니다. 한국 독자 여러분들은 원어로 접하는 것 이상으로 작품에 공감하실 수 있을 거라 생각합니다.

고맙습니다.

옮긴이의 말

•

〈응, 잘 가〉의 원작 공연은 2018년 5월, 도쿄의 소극장 아틀리에 헬리콥터에서 초연되었습니다. 저는 아사히 신문 야마구치 히로코 기자의 호평 덕분에 이 연극을 알게 되었고 바로 희곡을 읽었습니다.

무대에서 젊은 배우들이 할머니 분장을 하지 않고 연기했다는 것은 알고 있었지만, 활자로만 읽어도 할머니들의 모습에서 소녀들이 보이는 것 같았습니다. 그러고 보면 소녀들에게도 할머니 같은 구석이 있고, 할머니들에게도 소녀 같은 면이 있습니다. 이 이야기는 우리 할머니의 이야기면서 동시에 내 이야기이기도 했습니다. 이 희곡 이전에는 '늙음'이라는 것을 이렇게까지 나의 이야기처럼 가깝게 느껴본 적이 없습니다.

한국 관객들도 저와 같이 '나의 이야기, 내 가족의 이야기'로 공감하기를 바라며, 원작가와 연출가에게 극 중 배경을 한국으로 바꾸고 싶다고 제안했습니다. 두 분은 허락을 넘어, 호응과 지지를 보내주었습니다.

실은 제 외할머니를 이 이야기에 담고 싶다는 욕심이 났습니다. 할머니의 말투, 어휘, 말버릇을 대사에 녹였고, 극 중 할머니들의 이름은 모두 할머니의 실제 친구분들의 애칭으로 지었습니다. 그래서 제게는 세상에 둘도 없는 희곡이 되었습니다.

이렇게 탄생한 한국판 〈응, 잘 가〉는 2019년 2월, 여행자극장에서 초연되었고, 그해 8월, 밀양공연예술축제에 초청되었습니다. 그리고 4년 뒤인 2023년 3월, 초연 멤버 그대로 같은 극장에서 재공연을 올렸습니다. 모두가 애정을 쏟아 만들었고, 특히 각자의 할머니를 아주 사랑하는 배우들은 무대 위에서 눈부시게 빛났습니다. 객석 역시 반짝였습니다. 모녀, 모자지간으로 보이는 관객도 눈에 띄었습니다. 가족과 함께 보고 싶은 연극이 되었다는 게 무엇보다 기뻤습니다.

이 책 《응, 잘 가》도 그랬으면 좋겠습니다. 책의 제목은 작별 인사지만, 이별을 경험하기 전, 지금 곁에 있는 소중한 사람과 함께 이 이야기를 즐겨주신다면 더 바랄 게 없겠습니다.

등장인물

●

안양
동화
종삼
모란
딸 안양 할머니의 딸
손녀 모란 할머니의 손녀

• 대사 중 ",,,"와 같이 쉼표가 연달아 있는 부분은, 화자가 발화하려는 의지를 갖고 있음에도 실제로는 발화되지 않는 시간을 의미한다. 그 시간이 길수록 쉼표의 개수는 많아지지만, 그렇다고 ",,,,"가 ",,"의 두 배에 해당하는 시간을 의미하지는 않는다.
• 등장인물 이름 옆에 "(목소리만)"이라고 적혀 있는 부분은, 인물이 관객에게 보이지 않는 곳에서 목소리만 들리게 말하고 있는 것을 의미한다.
• 2023년 재공연 상연대본을 바탕으로 정리한 대본이다.

2010년. 용산역 개찰구 앞.

동화, 안양이 서 있다. 두 사람 모두 78세다.

약간 헐렁한 바지와 재킷 차림에 스카프를 두르고 운동화를 신었다.

작은 배낭과 허리 가방을 메고 있는 모습도 둘이 꼭 닮았다.

안양은 단조로운 색의 꽃무늬 셔츠를 입었고, 배낭에는 형광 배지를 달았다.

동화는 노란색이 섞인 화려한 셔츠를 입었다. (표범 무늬 셔츠가 좋을지도 모르겠다.) 안양보다 화려한 복장이다. 동화와 안양은 앞쪽을 잔뜩 노려보고 있다.

안양 괜찮겠지? 다음 차 타면 되니까.

동화 안 돼. 52분 차 안 타면 늦어.

안양 뭐가 늦어?

동화 철쭉 축제.

안양 그렇게 일찍 끝나?

동화 응? 아니, 식당도 다 예약해놨잖아.

안양 오겠지. 불안하면 전화해보지그래?

동화 안 받을 게 뻔한데 뭐.

안양 아니야, 한번 걸어봐.

동화 안 받아. 그 치들은 정신을 놓고 다니잖아.

안양 그래도 전화는 받겠지.

동화 그럼 한번 걸어볼까?

동화, 허리 가방에서 핸드폰을 꺼낸다.

안양 아이고, 쪼그맣네. 그렇게 작아?

동화 그럼~ 요즘엔 이렇게 작게 나와.

안양 작아서 좋다. 핸드백에도 쏙 들어가고.

동화 맞아.

동화, 핸드폰을 눈에서 상당히 멀리 잡고, 버튼을 하나 하나 확인하면서 누른다.

안양 그렇게 작은 게 보여?

동화 그럼~ 잘 보면 보여. 그런데 종삼이한테 거는

게 좋을까? 모란 언니는 저기 뭐야, 팔을 못 쓰니까.

안양 그러네.

동화 참 큰일 났네. 일정 다 망치겠어.

동화, 핸드폰을 만지작거린다.

안양 안면도도 많이 변했겠지?

동화 응? 뭐가 변해? (핸드폰을 보여주며) 이게 뭔지 알아?

안양 내가 어떻게 알아?

동화 모르지? 아, 난 몰라. 이상한 거 눌렀나 봐.

안양 심심해서 어제 세어봤거든. 그랬더니 18년 만이더라고. 벌써 18년이나 지났어.

동화 뭐가 18년이 지나?

안양 전에 왜, 나 환갑 때, 우리 딸이랑 안면도로 여행 갔었잖아.

동화 ,,

동화, 핸드폰을 귀에 댄 채로, 진지한 표정이 되어 안양을 보며 무슨 말을 하려는데,

동화 엇! 여보세요. 응? 여보세요.

안양 받았어? 받았어?

동화 이상하네. 아무 소리도 안 들려. 고장 났나?

안양 고장은 니 귀가 고장 났겠지.

동화 뭐~

동화, 웃는다. 핸드폰을 만지작거린다.

안양, 누군가를 발견한다.

종삼이가 온다. 76세. 역시 단정한 차림이다. 숄더백을 메고 있다.

안양 아, 왔다. 왔어. 왔다니까. 종삼이 왔어.

동화 어어.

동화, 핸드폰을 만지작거린다.

종삼 미안, 미안. 아유, 미안해라. 길을 좀 헤맸어. 저 아래서 한참 있었지 뭐야.

동화 헤맬 게 뭐 있어? 표 끊는 데 바로 앞인데.

종삼 뭐가? 몰라, 몰라.

안양 모란 언니는?

종삼 어~ 어? 아직 안 왔어?

동화 같이 오는 거 아니었어? 무슨 일 난 거 아냐? 같이 안 왔어?

종삼 저기 계단 아래서 만나기로 했거든, 모란 언니랑.

안양 응?

종삼 계단 아래에서 만나기로 했다고.

동화 계단, 어디?

종삼 그래, 계단, 저기 아래.

동화 왜? 그냥 다 같이 여기서 만나면 되잖아.

종삼 아니, 알면서 그래, 모란 언니 다리.

동화 그래도 이중으로 약속을 한 거잖아. 어차피 올라와야 되는데.

안양 그럼 아래 있는 거 아냐?

종삼 그게, 조금 아까 미화한테, 아, 그 집 딸애한테 전화가 왔거든. 그래서 받아보니까, 조금 늦는다고 혼자 따로 오겠대.

동화 응?

종삼 혼자 온다고. 표 끊는 데로.

동화 그러니까 처음부터 그렇게 약속을 했어야지.

안양 응? 그럼 딸이랑 같이 오는 거야?

종삼 아니겠지.

동화 어디서 헤매고 있는 거 아냐?

종삼 그냥 천천히 가자.

동화 그럴 여유 없어.

종삼 몇 시 찬데?

종삼, 역에 있는 시계를 본다.

동화 52분 차라니깐. 늦었어. 난 몰라. 내가 다 여유 있게 약속 잡은 건데.

종삼 다음 차 타면 되지.

안양 그래, 그러자.

동화 다음 차 타면 도착 시간이 50분이나 늦는단 말이야.

안양 어머, 어머, 어머.

종삼 50분 늦으면 뭐 어떠니. 그만큼 재밌게 놀면 되지.

동화 어떻게? 어떻게 재밌게 놀아?

안양, 슬쩍 동화를 가리키며,

안양 그래, 일정 다 짰는데.

종삼 그치? 아유, 늦네, 모란 언니.

동화 종삼이 니가 전화 좀 해봐.

종삼 근데 모란 언니 전화는 전화가 와도 소리가 안 나.

안양 응?

동화 그거 웅— 하는 거지?

종삼 웅—도 안 하게 해놨대.

동화 왜?

종삼 그게, 소리가 나도 안 들리니까 언제 한번 큰일

낫었나 봐.

안양 왜?

종삼 그랬대. 손녀딸한테 계속 전화가 와서 큰일이 날 뻔했나 봐. 그래서 그랬대.

안양 무슨 소리야?

종삼 잊어버렸어, 자세한 건.

동화 ,, 응? 그럼 전화 못 해?

안양 누가 뭐라 그랬나?

종삼 왜 뭐라 그래?

동화 응?

안양 소리가 시끄럽다고.

종삼 아, 그랬대?

안양 아니, 나는 모르고. 그랬나 싶어서.

종삼 그런데 전화 오면 겁나긴 해. 갑자기 막 소리 나잖아, 갑자기. 내가 몇 번을 놀랐나 몰라. 그거 어떻게 좀 안 되나? 뭐 그런 기능 없나? 요즘 젊은 사람들은 뭐 누르면 안 놀라게 되는 거, 그런 거 알지 않을까?

동화 젊은 사람들은 안 놀래. 젊으니까. 젊은 사람이 그런 거로 놀라면 어떡하니?

안양 왜?

종삼 자기 알았어?

안양 뭘?

동화 아~ 나 알아, 그거.

종삼 뭘?

동화 비행기 모드 말하는 거지?

종삼 응? 아닌데,,, 그게 뭐야?

동화 비행기 모드 얘기가 아니구나.

안양 아니, 그럼 그 딸애한테 전화해보면 되겠네.

종삼 아, 귀찮아지는데— 미화는 한번 입 열면 길어지거든.

안양 아.

모란, 접이식 손수레를 보행기처럼 사용하면서 걷고 있다. 주변을 도리반도리반 보고 있다.

안양 어마? 저기 모란 언니 아니야?

종삼 어디?

안양 저기, 아닌가? 뭐 끌고 오는 사람.

동화 진짜? 저렇게 할머니였나?

안양 할머니지. 올해로 여든여섯인가 일곱이야.

종삼 아, 맞아. 모란 언니다.

안양 어, 이상한 데로 가네. 안 돼. 모란 언니—

동화 모란 언니—

종삼 안 들려. 귀가 잘 안 들리잖아.

동화 모란아—

안양 어떡해. 모란 언니 빼고 다 우리 쳐다봐.

동화 엇, 절루 가버렸어.

안양 아이고, 이를 어째. 아이고, 저기로 가면 1호선 타는 덴데. 절루 가면 다신 못 오는데.

세 사람 모란 언니—

모란, 비틀비틀 걷다가 퇴장한다.
그녀가 퇴장하자마자 그녀의 손녀가 등장한다.
이때 손녀의 나이는 스물세 살. 주위를 둘러본다.
종삼을 발견하고는 바라본다.
동화, 안양, 종삼도 손녀를 본다.

종삼 어마, 수경이 아니니? 수경아, 여긴 어쩐 일이야?

손녀 아, 안녕하세요.

동화 누구야? 뭐야?

종삼 모란 언니네 손녀딸, 수경이.

안양 어머~

손녀 안녕하세요.

동화 그래, 안녕.

종삼 어쩐 일이야? 무슨 일 있었어?

손녀 아니요, 엄마가 할머니 데려다드리라고 해서 왔는데 어디로 가버리셨어요.

종삼 우리도 찾고 있었는데.
손녀 아래에서 기다리라고 했는데, 아!

모란, 불안한 표정으로 주위를 둘러보며 터벅터벅 걸어온다. 큰 모자를 썼다.
여전히 접이식 손수레를 보행기 삼아 걷고 있다.
장바구니가 달린 보행기라고 보는 것이 맞을지도 모르겠다.

손녀 할머니.

손녀, 모란에게 다가간다.

종삼 모란 언니.
동화 모란 언니.
안양 아유, 모란 언니—

종삼, 동화, 안양, 모란의 이름을 한 번씩 부른 뒤에 그녀에게 다가간다.

손녀 그렇게 혼자 가버리면 어떡해.
모란 응? 뭐가?
손녀 안 들리는 척하지 마.

모란 니가 갑자기 없어졌잖어.

손녀 내가 찾아보고 올 테니까 기다리고 있으라고 했잖아.

모란 음~ 뭐라 그러는지 하나도 모르겠어.

모란, 모두를 향해 과장된 반응을 한다.

안양 언니, 아유, 찾아서 다행이야. 왜 그래?

모란, 파리를 쫓는 듯한 느린 동작으로 팔을 옆으로 휘저으며,

모란 내가 휴지 챙기는 걸 깜빡해서 좀 사러 갔는데, 이 길이 저 길 같고 저 길이 이 길 같고, 꼭 미로 같아, 용산역은.

모란, 웃는다.

종삼 이제 됐어. 다신 못 보는 줄 알았네.

모란 나도 다신 못 보는 줄 알았어.

안양 잘했어, 잘했어.

동화 가자, 이제.

손녀 죄송해요, 저희 할머니 때문에. 시간 괜찮으세

요? 너무 지체됐죠.

종삼 괜찮아, 괜찮아.

모란 동화야, 안양아, 얘가 우리 손녀딸 수경이. 처음 봤지?

안양 안녕, 내가 옛날에 모란 꽃꽂이 교실 다녔었어. 너희 할머니가 우리 선생님이었어.

손녀 아, 정말요? 안녕하세요. 그런데, 우리 할머니 때문에 많이 기다리신 거 같은데.

안양 아유, 아니야—

종삼 여기 안양 할머니는, 우리 딸이랑 초등학교를 같이 다녔어. 그 딸이, 안양 할머니 딸 말이야, 그때 친해져서 친구처럼 지내—

안양 학부모 모임에서 만났거든.

종삼 어마? 그게 언제니?

안양 응? 오래됐지.

손녀 아, 그러세요. 와— 정말 오래 만나셨네요.

종삼 오—래됐지.

안양 오래됐어. 맞다, 종삼이가 그때 모란언니 소개해줬지? 교실 그만둔 다음에도 이렇게 친구로 지내.

손녀 아, 와— 그러시구나,,,, 감사합니다.

모란 그게 언제 적 얘기야, 내가 아직 교실 했을 때니까.

동화 자, 이제 슬슬 가자.

안양 그런데 얘는 내가 아주 어렸을 때부터 친구야, 동화 할머니, 동화. 그치? 우리가 안 게 해방 전이니까, 그게 언제지?

손녀 해, 해방 전이요? 와—

종삼 이렇게 젊고 예쁜 아가씨한테 그때 얘긴 뭐하러 해—

동화 자, 이제 갈까? 가자.

종삼 응, 일부러 수경이가 여기까지 와줬는데 차 한 잔 하자.

동화 안 돼. 무슨 소리야. 차 마시면 두 시간은 잡아먹을 거 아니야.

종삼 그러니까 딱 한 잔만 하고,

손녀 저, 그런데 제가 지금 학교에 가야 해서요,

안양 학교? 어마, 몇 살이지?

손녀 저요? 음, 스물셋이요.

종삼 그럼 올해 졸업하겠네?

손녀 ,, 아니요, 그게, 제가 1년 재수해서.

안양 재수? ,,아, 재수? 재수했구나—

손녀 음, 좀, 네.

동화 뭐래는 거야. 요즘 애들한테 재수는 아무것도 아니야.

종삼 그럼~ 젊어 고생은 사서도 한다니까, 그치? 그런 거로 우울해하고 스트레스받으면 안 돼.

손녀 네,,

안양 수업 있니, 오늘?

손녀 수업은 없는데요.

안양 그럼 왜 가?

손녀 ,,,

종삼 할 일이 얼마나 많은데. 연애도 해야지, 운동도 해야지, 바빠. 그치? 학교엔 뭐 하러 가니?

손녀 ,,, 아니요, 그렇게 바쁜 건 아닌데요, 레포트가 남아서요.

안양 어머, 남았어? 남기면 안 되지.

손녀 ,, 네.

동화 자, 응? 이제 가자, 그만 괴롭히고.

종삼 그래, 오늘 고맙다. 잘 다녀올게.

손녀 네, 감사합니다. 할머니, 조심해야 돼.

모란 응, 너도 조심해서 가.

손녀 무슨 일 있으면 바로 전화하고.

모란 응, 알았어. 고마워라.

손녀 넘어지지 않게 잘 보고 다녀.

모란 응, 알았어. 너도 조심해.

손녀 응, 그럼 가볼게요. 우리 할머니 잘 부탁드려요. 조심하시고, 재밌게 지내다 오세요. 전 이쪽이라, 그럼 가볼게요.

동화 그래, 그래.

안양 고맙다.

종삼 조심해서 가.

손녀, 꾸벅 인사하고 퇴장한다.

모란 많이 늦었지. 미안해라. 가는 길에 내가 맛있는 거 사줄게. 다들 뭐 먹을래. 말해.

안양 됐어, 무슨.

동화 기차에선 안 먹는다니까. 거기 도착해서, 거기 들깨 칼국수 맛있게 하는 집이 있대. 그래서 거기 가서 한 시간 정도 있다가, 철쭉 축제 가서 두 시간 있다가, 오후 3시에 숙소로 들어갈 거야.

종삼 세상에, 몇 시간 있다 갈지도 정해놨어?

동화 응, 자, 여기 기차표.

동화, 모두에게 기차표를 나눠준다.

안양 아, 고마워.

종삼 얼마야?

동화 됐어, 됐어, 됐어. 내가 다 냈어.

종삼 안 돼. 표를 자기가 왜 사.

모란 응? 뭐? 돈? 낼게. 내가 낼게.

안양 나눠 내자. 나눠서.

동화 됐다니까. 아유, 성가시게.

종삼 잠깐, 진짜 이건 아니야. 공평하지 않잖아.

동화 알았어. 그럼 나중에 계산하자. 일단 서둘러. 기차 놓치겠어.

종삼 그럼 진짜로 나중에 계산해야 돼.

동화 응, 알았어. 자, 가자.

모란 누구 휴지 없어?

종삼 응?

모란 휴지. 콧물 나와.

동화 나중에 찾아주면 안 돼?

모란 응?

종삼 나 금방 꺼낼 수 있어.

하고, 주머니를 찾는다.

종삼 어— 여기 넣어놨는데. 여기 있나?

종삼, 큰 숄더백 안을 휘저으며 찾는다.
안양, 자기 허리 가방 안을 찾기 시작한다.

동화 코는 이따 풀고. 응? 이제 5분밖에 안 남았어.

모란 몇 분?

안양 있다, 있다. 자, 자, 나한테 있었어.

안양, 모란에게 티슈를 건넨다.

안양 한 장 갖고 돼?

모란 응, 충분해. 고마워.

모란, 코를 푼다.

세 사람, 그 모습을 본다.

동화 자, 이제 가자.

안양 가자, 가자.

종삼 가자.

종삼, 모란을 재촉한다. 모란, 잘 안 들리지만 대충 짐작한다. 네 명, 출발한다.

동화 어? 나 표 어쨌지?

안양 아까 나눠줬잖아.

종삼 어?

동화 누구 내 표 못 봤어?

다들 찾는다.

동화 아, 있다, 있어.

안양 아유, 그러지 마.

종삼 놀래라.

동화, 종삼, 모란, 웃으면서 퇴장한다.

안양, 남는다.

1992년. 딸, 기차 의자에 앉아 창밖을 보고 있다.

안양, 딸의 맞은편에 앉는다.

딸 왜.

안양 뭐가.

딸 나 쳐다봤잖아.

안양 보면 좀 어떠니?

딸 만약에 내가 조폭이었으면 어쩌려고.

안양 너 조폭 아니잖아.

딸 그런 일 생길 줄 누가 알아? 조폭이 어디 숨어 있을지 모르는 일이잖아.

안양 애, 기차 안에서 자꾸 조폭 얘기하지 마.

안양, 목소리를 줄인다.

딸 이런 데 조폭이 왜 있어. 조폭이 온천을 하러 가겠어, 뭘 하러 가겠어?

안양 조폭도 온천은 하겠지. 뜨거운 물에 푹 담그고 싶을 거 아냐, 한판 싸우고 나면.

딸 근데 요즘에는 조폭은 온천에 못 들어가. 문신 있잖아. 문신 있으면 못 들어갈걸? 온천에?

안양 그런가? 녹나?

딸 뭐가?

안양 몸에 칠한 게 녹을 거 아니야.

딸 엄마, 문신이 물에 녹으면 목욕할 때마다 색이 연해진단 소리야?

안양 연해져서 색이 그런 거 아니야?

딸 얼마나 연해진 걸 봤길래.

안양 여의도 같은 데 많거든, 요즘에도. 너 괜히 여의도에서 어슬렁거리지 마.

딸 어슬렁 안 해.

안양 안면도에도 있을 거야, 시골 조폭이.

딸 안면도에는 없겠지, 여의도는 몰라도.

안양 안면도도 여의도도 둘다 똑같아. 여의도도 섬이잖아.

딸 응?

안양 원래 그런 사람들은 물가에 모이는 법이야.

딸 그게 무슨 소리야? 텔레비전에서 그래?

안양 응? 텔레비전?

딸 연속극에서 그런 얘기가 나왔나 했지.

안양 그런 게 아니라 난 사실을 얘기하는 거야. 너 〈사랑이 뭐길래〉 보니?

딸 아니, 거기서 그랬어?

안양 아니, 그거 재밌어.

딸 응.

안양 한번 봐봐. MBC에서 하더라.

딸 난 됐어.

안양 재밌는데.

딸 나중에 할머니 되면 볼게.

안양 너도 이제 곧 마흔이야. 너 금방 할머니 된다.

딸 진짜? 금방 할머니 됐어?

안양 응? 나는 아직은 아줌마지. 그만해, 얘.

딸 하긴 요즘 다들 젊으니까.

안양 맞아. 그 사람도 여든에 에베레스트 올라갔잖아.

딸 누구?

안양 이름을 잊어버렸네. 그런 사람 있었잖아, 얼굴 까만 사람.

딸 모르겠어.

안양 몰라?

딸 모르겠는데. 별로 관심 없어.

안양 넌 뭐에 관심 있니?

딸 난 아무 데도 관심 없어.

안양 어머, 슬퍼.

딸 엄마는 뭐에 관심 있는데?

안양 난 그냥 다 조금씩 관심 있어.

딸 그게 아무 데도 관심이 없다는 거야.

안양 그런가?

딸 그럼.

안양 그래도 뭐, 그럼 안 되니? 안 되나?

딸 안 되는 건 아니고, 뭔가에 관심 갖고 사는 게 더 좋지 않겠어?

안양 어?

딸 사는 보람도 있고.

안양 ,,, 나 지금도 사는 보람 있는데.

딸 그냥 해본 소리야. 엄만 사는 보람 느껴? 언제 느껴?

안양 ,, 글쎄, 여러 가지로? ,,,말로는 잘 표현이 안 되네.

딸 ,,, 뭐야, 그게.

사이.

딸 밖에 풍경이 계속 똑같네.

안양 이제 영등포 지났잖아. 서울 벗어나면 경치도 바뀌겠지.

사이.

딸 어색해.

안양 응? 왜?

딸 둘이 여행 가는 거.

안양 그래? 왜 어색해? 그런가?

딸 그냥 좀 편치가 않네.

안양 너 독립해서 나가기 전엔 쭉 우리 둘이 같이 살았잖아.

딸 그러니까, 굳이 새삼스럽게.

안양 그런가. 좀 신기하긴 하네.

딸 ,,,

안양 자기가 먼저 가자고 해놓고서.

딸 그럼 어떡해, 환갑인데.

안양 그건 또 무슨 논리니?

사이.

안양 고마워.

딸 어우, 하지 마. 어색해.

딸, 일어서서

딸 잠깐 맥주 좀 사올게. 아까 지나갔지? (기차 내 판매 카트를 말한 것이다.)

딸, 퇴장한다.

동화 (목소리만) 저거 봐, 저거 봐. 세상에, 세상에. 저기, 저기, 저거.

종삼 (목소리만) 잠깐 기다려. 언니, 이쪽이야, 이쪽.

2010년 철쭉 축제.

동화와 종삼, 등장한다.

안양은 동화와 종삼 쪽으로 간다.

모란, 뒤처져서 등장한다.

모란 아이고—

동화 좋지?

안양 세상에, 세상에. 너무 예쁘다.

동화 그치? 저기 봐. 예쁘지?

안양 정말 예쁘다. 와, 저게 뭐지?

동화 응? 철쭉이잖아. 철쭉 축제잖아.

안양 어? 뭐라고? 철쭉? 아, 그렇구나.

종삼 예쁘다. 철쭉이 이렇게 길가에 피는 거였나?

동화 어?

안양 그러네. 길가에 피어 있네.

종삼 저기 좀 봐. 우리 종삼이랑 지영이가 국민학교 4학년이었을 때 기억나?

안양 응?

종삼 왜, 종합체육관 앞에 있는 철쭉꽃 따다가 둘이서 다 빨아먹었잖아.

안양 아, 그때 진땀 뺐지. 애들이 끝도 없이 빨아먹었잖아.

동화 뭐가?

안양 우리 어렸을 때도 먹었잖아. 철쭉꽃 뜯어서 이렇게 빨면 달콤한 꿀이 나오잖아.

동화 아아, 그거? 잠깐 자연스럽게 좀 있어봐.

동화, 말하면서 사진을 찍고 있다. 다들 사진을 찍는다.

모란 와, 빨갛다.

안양과 종삼, 자연스러움을 가장하지만 약간 몸이 굳었다.

안양 예쁘다.

종삼 ,, 멋있다.

동화 종삼아, 조금만 앞으로 나와 봐. 응, 거기.

종삼, 자연스러움을 가장해 앞으로 나온다. 안양과 종삼, 표정이 좋다.

종삼 멋있네.

동화 카메라 보지 마.

모란 빠알개—

종삼 그러게. 빨개.

안양 근데 정말,,, 빨갛다.

동화 빨갛지, 당연히. 정말 아주 빨갛네.

안양 그러게. 아주 빨갛다.

종삼 저기 봐, 저기.

안양 어디, 어디?

종삼 저기.

안양 ,, 빨개.

종삼 빨갛지?

안양 빨개. 나, 요즘에 빨간 거 보면 눈이 따끔거려.

종삼 나도 그래. 지금도 눈이 좀 따끔따끔해.

안양 빨간색이 눈에 안 좋대.

동화 어디 안 좋은 거 아니야? 무슨 큰 병 걸린 거 아니야?

종삼 왜 그런 소릴 해.

모란 뭐라고?

동화 그렇게 별거 아닌 거 같은 증상이 실은 무서운 병인 경우가 있어. 조심들 해.

종삼 어떻게 조심하니?

동화 나도 모르지. 되도록 빨간 거 안 보는 게 좋겠다. 근데 빨간 속옷 입으면 몸에 좋대.

종삼 빨간 거 보지 말라면서 빨간 속옷 입으라고?

동화, 핸드폰(카메라)을 넣고, 가방 안에서 뭔가를 찾는다. 작은 봉지 안에 50원짜리 동전이 열 개 정도 들어 있다.

동화 응? ,, 아, 아,

안양 어?

동화 이거, 이거, 잊어버리기 전에 줘야지, 자.

동화, 봉지를 모란에게 건넨다.

모란 뭔데? 나? 뭐지? 뭐야? 쓰레기?

동화 아니야, 좋은 거야.

모란, 안을 본다.

모란 아— 아~ 고마워.

종삼 뭐야? 응?

동화 이거, 50원짜리.

종삼 아~

안양 나도 있어.

안양, 가방을 뒤져서 50원짜리 동전이 든 봉지를 꺼내 건넨다.

모란 고마워, 번번이. 아유, 고마워라.

모란, 잘 받아서 머리 위로 들었다가 안을 확인한다.

종삼 난 저번에 차 마실 때 줬어.
모란 응, 그래, 받았어. 고마워.
안양 1961년 거지?
모란 응, 맞아. 1989년이랑.

모란, 50원짜리 동전들을 들고 찰랑찰랑 소리 내어본다.

동화 잘돼가? 거북이?
모란 응, 이제 조금만 더 모으면 돼. 우리 손녀딸 거북이는 거의 완성이야.
동화 그런데 참 잘도 만든다, 그렇게 손 많이 가는 걸. 난 못 해. 이거 전부 이어서 붙이는 거잖아. 하다가 눈 돌아갈 거 같아.
안양 그러게 말이야.
종삼 맞아. 이거 어려운 거야.
모란 그냥 심심해서 하는 거야.

네 사람, 걷기 시작한다. 모란을 데리고 종삼이 앞장선다.
주변을 둘러보며, 그다지 관심이 없는 듯.
각자 중얼거리듯이,

종삼 세상에~

모란 별거 아니야.

종삼 세상에~ 와~ 멋있다.

모란 멋있지.

동화 안양아.

안양 왜?

동화 너 괜찮았어?

안양 뭐가?

동화 아니, 너 그때, 지영이랑 안면도 왔었지? 내가 깜빡했어.

안양 됐어, 뭘.

동화 그래도,,, 생각나고 그러지 않았어?

안양 됐어. 요즘엔 뭐든 자꾸 다 잊어버려서 생각나면 오히려 반가워.

동화 그래?

안양 응, 생각나는 게 얼마 없으니까, 잊어버리는 것보단 훨씬 좋지.

모란 뭐가?

종삼 와~ 이쁘다~

모란 아주 북적북적하네. 북적북적해서 말소리가 안 들려. 하나도 안 들려.

안양 어?

모란 소리가 하도 많으니까, 아무 소리도 안 들려.

모란, 방긋 웃고 있다.

종삼 모란 언니.

모란 응?

종삼 저기 좀 봐. 뭐 맛있는 게 파나 봐.

모란 어마, 어디? 안 보여. 하나도 안 보여. 뭔데? 뭐가 있는데?

종삼 저기, 저기. 밖에서 뭐 놓고 팔고 있잖아.

안양 풀빵인가?

모란 아~ 저거?

종삼 풀빵? 풀빵 아닌 거 같은데? 풀빵은 됐어. 나 별로 안 좋아해, 풀빵.

동화 그냥 호두과자 아니야?

안양 아니야, 저거 풀빵 아니야. 봐.

모란 뭐지? 저거, 스티로폼이다, 스티로폼이잖아.

안양 뭐 보고 있는 거야?

종삼 아, 마카로니래, 마카로니.

동화 어? 어디? 아, 진짜다. 마카롱이라고 쓰여 있네.

종삼 응? 그게 뭐야? 나 처음 듣는데?

안양 마롱? 마롱 아니야? 마롱.

동화 아니야, 마카롱이라고 외국 과자 있어. 봐. 요즘 수입들 해서 먹더라고. 모나카 같은 거야.

안양 아~ 모나카.

동화 아니, 모나카는 아니고,

종삼 아~ 서양식 모나카구나.

동화 아니야, 모나카 아니야.

모란 뭐? 뭐라고?

종삼 모나카, 모나카.

동화 아니야, 모나카 아니라니까.

모란 모나카? 맛있겠다. 하나 먹어볼까? 하나 먹어보자.

안양 그래, 그러자. 아무 맛이나 하나 싸달라 그럴까?

종삼 저거 좀 봐. 색깔이 많아. 예뻐라. 색이 다르면 맛도 다른가?

동화 그거 착색료야, 인공착색료.

종삼 자기 뭐 먹을래?

안양 음, 뭐 먹지?

동화 그런 거 먹으면 또 저녁 못 먹어. 먹지 말자.

종삼 괜찮아. 모나카 한 개쯤이야.

동화 자기 아까 들깨 칼국수도 남겼잖아.

종삼 어?

모란 뭐가?

동화 들깨 칼국수 남겼지? 맛있는 들깨 칼국수를.

종삼 계속 같은 맛이 나니까 먹다 질린단 말이야.

안양 응, 맞아. 계속 같은 맛이 나.

동화 아니야, 기차에서 샌드위치 먹어서 그런 거잖아.

종삼 그건 아침으로 먹은 거고.

동화 여기서 마카롱 같은 거 먹으면 저녁밥 또 못 먹어.

안양 그러게.

종삼 먹을 수 있어.

안양 하긴 과자 배는 따로 있어서 한없이 들어가더라.

동화 꽃게탕 먹으려고 일부러 숙소도 글루 잡았는데. 얼마나 어려웠다고. 조사도 다 하고, 그치?

안양 어, 맞아.

종삼 그런데 저녁은 6시에 먹잖아. 아직 시간 많이 남았잖아. 모나카 하나 먹는다고 뭐.

동화 안 돼, 안 돼, 안 돼. 그러면서 먹고 또 먹고, 먹고 또 먹고. 가자, 가자. 자, 가자.

종삼 뭐 어때. 내 배로 내가 먹겠다는데.

안양 그건 그러네.

동화 안 돼, 안 돼, 안 돼. 이런 데서 느그적거리니까 차 마실 시간이 없어지잖아.

안양 시간은 잘 써야 돼, 맞아.

종삼 그렇게 시간 딱 정해서 차 마시면 좋니? 3분 안에 마시고, 뭐 그럴거니,,, 그냥 여유 있게 여행 좀 하자.

동화 난 먹고 말고가 문제가 아니라, 자기 충치가 걱정돼서 하는 말이야.

종삼 거짓말. 갑자기 왜 충치 얘기가 나오니?

동화 ,, 그냥 생각이 났어, 지금.

안양 그럼 그건 거짓말이네, 거짓말한 거야.

동화 난 다 같이 저녁 맛있게 먹으려고 그러는 거지. 밥이 여행의 묘미잖아, 아니야?

안양 음, 그렇지.

종삼 됐어, 됐어, 됐어. 알았어. 안 먹으면 되잖아.

네 사람, 걷기 시작한다.

동화 그런데, 그런 식으로 막,

네 사람, 괴로운 얼굴로 걷는다.

안양 어, 이건 뭐지?

안양, 은행 껍데기로 만든 작은 인형을 본다.

안양 어머~ 귀여워라. 이것 봐.

동화 응?

안양 이거 좀 봐봐.

동화 이게 뭐지?

안양 무슨 공예품인가? 뭐지? 응? 여기서 유명한 건가?

종삼 음, 목각 인형 같은 건가?

모란 어디? 뭐가?

모란, 슬쩍 들여다본다.

동화 여기 써놨네, 여기, 은행 공예.

종삼 이거 은행 껍데기다, 은행 껍데기. 이것 봐. 은행껍데기에 색깔 입혀서 붙인 거야.

모란 와, 은행 껍데기로 만들었다고? 와— 은행 껍데기로—, 어머, 어머, 이것 봐. 귀여워라. 거북이네. 아, 이것 봐. 바람부니까 거북이 혓바닥이 움직여.

종삼 그거 머리야. 혓바닥 아니야.

모란 귀여워라~ 이것 좀 봐봐. 진짜 벌레 같아.

안양 정말 벌레 같이 생겼네. 근데 이거 호랑이 아닌가?

종삼 어?

동화, 안양, 종삼, 본다.

동화 십이지 같은데? 십이지야, 십이지.

안양 아~ 십이지구나.

모란 응? 뭐가? 어디? 아유, 귀여워, 어머~ 어쩌면 이렇게 작아. 어머~ 아주 조그맣네. 예쁘다.

종삼 언니 이런 거 좋아하는구나.

동화 기술이 좋네. 이런 거 현관에다 놓으면 예쁘겠다. 십이지 세트로 모아서.

종삼 그러게. 화장실에 둬도 좋겠다. 크지도 않으니까 거추장스러울 것도 없고.

동화, 안양, 종삼, 노점 앞을 지나간다.
모란이 여전히 보고 있는 것을 조금 떨어져서 계속 바라보고 있다.

모란 멋있다. 작고, 귀엽고. 아, 아~ 나 이거 살까 봐.

종삼 어?

모란 나 이거 살까 봐.

모란, 가게 주인을 찾기 시작한다.

동화 얼만데, 얼마야?

안양 웬일이니. 8천 원이래.

종삼 어? 그렇게 비싸? 은행 껍데기라며.

모란 응? 네 개 사면 얼마야?

종삼 저기, 언니, 정말로 살 거야?

모란 살까 봐.

동화 이거 그냥 은행 껍데기에다 색깔 칠해서 본드로 붙인 거야.

모란 응? ,,,근데 얼굴이 귀엽게 생겼잖아. 아~ 얘 좀 봐. 조가비 같아.

안양 정말 그러네. 그런데 이거 은행 주워다 먹고 난 거로도 만들 수 있을걸?

모란 아유, 고양이도 있다. 동화야, 너 고양이 좋아하잖아.

동화 좋아하지. 고양이 기르는 사람인데. 근데 이거 강아지야.

모란 그래, 나도 그래. 나도 고양이 키우고 싶은데, 이제 와서 키우면 내가 그 애보다 먼저 죽을 거 아니야. 그래서 못 키우겠어.

종삼 맞아. 찝찝해서 안 돼. 이거 강아지다~

모란 응?

안양 강아지, 강아지. 개, 개라고.

모란 ,,, 어?

동화 자, 갈까?

모란 ,,,

종삼 갖고 싶어?

모란 ,, 내 눈에는 아주 좋은 거로 보여.

종삼 응, 기분 탓이야. 그런 적 많았잖아, 전에도. 제주도에서 큰— 아저씨 인형 사서 현관에 뒀다가 결국 미화가 내다 버렸잖아.

모란 ,,, 그런데 여기가 아니면 사지 못하는 거잖아, 이런 건.

종삼 아니야, 살 수 있어. 관광지마다 다 있어. 나 강화도에서도 똑같은 거 봤어.

동화 이거 필요 없어, 언니. 이건 필요 없는 거야. 지금 막 기분 좋지? 기분이 좋으니까 사고 싶어지는 거야. 이게 무슨 8천 원이야.

모란 ,,,,

동화 알았지? 이건 은행 껍데기를 본드로 붙여서 색깔 입히고 얼굴 그린 거야. 아마 중국에서 만들었을걸.

모란 ,,, 그럴까?

동화 그럼~ 그치?

종삼 맞아. 집에 가져가면 미화한테 또 욕먹을걸.

모란 ,,, 그래도, 중국에서 어렵게 갖고 온 거 아닐까?

안양 그랬겠지. 자, 보고 있으면 자꾸 갖고 싶어지니까 가자.

동화, 안양, 종삼, 가려고 한다.
모란, 은행 공예품을 보고 있다.

종삼 언니, 가자.
모란 ,,, 그런데 여행,, 기념으로,, 사면 안 될까?

동화, 안양, 종삼, 걷는다.
모란, 어쩐지 풀이 죽어 보인다. 세 사람보다 느리게 걷는다.
동화, 안양, 종삼, 괜히 죄책감이 든다.
동화, 안양, 종삼, 그리고 조금 뒤처져서 모란이 걷는다.
모란, 멈췄다가 다시 터벅터벅 걷는다.
동화, 안양, 종삼, 멈춘다.
모란, 쫓아간다.

동화 그렇게 갖고 싶어?
모란 ,,,
동화 도로 가서 살까?
모란 ,,,

동화, 안양, 종삼, 서로 눈길을 나눈다.

모란 그래도 돼?

안양, 종삼, 조금 뒤처져서 동화, 퇴장한다.

모란, 서 있다.

동화, 다시 돌아온다.

동화 자, 언니, 가자.

모란 ,, 응, 나 미화한테 혼 안 나게 잘 숨겨 갈게. 사도 돼?

동화 응, 그래, 가자.

모란 ,,, 아, 그럼 동화야, 내가 고양이 사줄게. 예쁜 거로 골라봐.

동화 응, 내 건 필요 없어.

모란 안양은 호랑이, 종삼이는 거북이 줘야겠다. 좋아할 거 같아.

동화 응, 됐어. 같이 여행 온 사람들끼리 무슨 기념품을 줘.

모란 그런가?

동화 자, 가자.

동화, 모란, 퇴장한다.

지팡이 소리가 들린다. 장례식장, 2017년.

검은 옷을 입은 안양, 종삼이 등장한다. 85세가 되었다.

종삼, 지쳐서 앉는다. 안양도 앉는다.

종삼 으쌰, 아구구구.

안양 으이쌰.

안양, 종삼, 무릎이나 허리를 느린 동작으로 문지른다.

종삼 오래 살아 뭐해.

안양 그러게.

사이.

안양 나 좀 빨리 데려가지.

종삼 그러게. 빨리 좀 데려갔으면 좋겠네.

안양 나 준비 다 됐는데.

종삼 그러게,,, 난 우리 집 양반이 먼저 가야 돼. 안 그럼 불쌍해서 안 돼.

안양 남은 사람이 불쌍하지.

사이.

종삼 또 다 같이 만났으면 좋겠다.

안양 다음엔 또 누구 초상집에서 만나겠지.

종삼 그러네. 그렇겠네.

웃는다.

반대쪽에서 상복 차림을 한 손녀가 손에 핸드폰과 담배를 들고 등장한다.

손녀, 안양과 종삼을 보고 인사한다.

안양, 종삼도 인사한다.

손녀 아, 와주셔서 감사합니다.

종삼 삼가 고인의 명복을 빕니다.

안양, 종삼, 손녀, 허리 숙여 인사한다.

사이.

안양, 종삼, 넋 놓고 서로 얼굴만 쳐다본다.

손녀 저, 손녀예요. 우리 할머니, 모란 할머니 손녀 수경이에요.

종삼 아, 수경이, 수경이구나. 아아, 아유, 얼마나 상심이 크니.

안양 삼가 고인의 명복을 빕니다.

안양, 종삼, 다시 한번 서로 인사를 주고받는다.

손녀 와주셔서 감사합니다.

안양 안녕하세요.

손녀 아, 저 전에 한 번 뵌 적 있어요. 그때, 용산역에서요.

종삼 ,, 맞다. 봤었구나. 그때, 안면도 갔을 때.

안양 응? 그랬나?

종삼 ,, 그때 봤지?

손녀 네, 맞아요. 그때 안면도 가셨을 때일 거예요. 벌써 옛날이네요.

안양 아아, 맞다. 많이 컸네.

안양, 일어서서 손녀를 만진다.

안양 잘 있었어?

손녀 네.

종삼 할머니는 이제 편히 쉬고 있을 거야,,,

손녀 네, 감사합니다,, 잠깐 무슨 냉장고 같은 데 막 넣어서, 그렇게 막 내버려두고,,, 그게 안치하는 거래요. 그래서 해 바뀌는 대로 오늘 한 건데, 아무래도 여기 많이 밀려 있었나 봐요. 예약을 잡을 수가 없어서, 그런데 이런 것도 예약이라고 하는 거 맞아요?

종삼 아유, 그랬구나. 엄마는?

손녀 아, 엄마는 저기 친척들 술자리 봐주러 갔어요. 아니, 술자리가 아니라,,, 인사하러.

종삼 그래, 그래.

손녀 불러올까요?

종삼 아니, 괜찮아. 괜찮지?

안양 응, 아까 분향할 때 얼굴 봤어.

사이.

손녀 할머니가 자주 얘기하셨어요, 두 분 얘기도 하시고, 그때 여행도 좋았다고요.

안양 그래, 우리 재밌었어. 다 같이 하룻밤 자고 왔지.

손녀 우리 할머니 때문에 힘드셨죠?

종삼 아니야, 우리 때문에 힘들었을 거야.

안양 응? 뭐라고?

종삼 그래, 맞아.

손녀 아주 좋아하셨었어요.

안양 어머, 그랬구나.

종삼 뭘 좋아해?

안양 응?

손녀 아, 두 분이랑, 그때.

종삼 동화?

손녀 네, 네 분이 다 같이 재밌게 놀았다고.

안양 아, 그랬지.

종삼 그때 물난리 난 후로는 거의 못 만났어, 그치?

동화 다리가 아파서, 지금 양로원에 있거든, 그 치가 대장인데.

손녀 아, 그러셨어요? 홍수 때문에?

안양 맞아. 그 애가 워낙 기가 세거든.

종삼 물난리? 물난리가 아니라, 다리가 부러졌어.

손녀 아, 물난리 때문에요?

안양 아니, 그게 아니라,

종삼 아니, 물난리가 아니라, 다리가, 부러졌어, 골절, 그래서 정신이 오락가락해.

손녀 , 아,, 네.

안양 다리가 중요한 거거든.

사이.

안양 ,, 말을 해도 반 정도는 못 알아먹어.

손녀 네?

안양 우리말이야, 말을 해도 반은 못 알아먹어.

손녀 그러세요?

종삼 응? 뭐라고?

안양 우리 애기할 때 말이야, 거의 안 들리잖아.

종삼 아니야.

안양 얼마나 안 들리는 건지는 모르겠는데, 군데군데 못 알아먹잖아. 머리로 대강 짐작해서 끼워 맞추는 거야, 얘기를.

손녀 아아,,,,,,, 그렇게 하셔도 대화가 돼요?

안양 그렇지. 그런데 서로 잘 안 들리니까 말이 다 통하는 거 같아. 어차피 서로 무슨 말 하는지 모르니까.

손녀 혼자서 말하는 느낌일까요?

안양 응? 그렇지. 서로 다 통해, 그치?

종삼 응? 응, 그렇지.

손녀 그런데, 뭐랄까, 정보 전달은 잘 안 되겠네요.

안양 ,, 뭐라고?

손녀 그런, 음, 대화가 돼요? 정보가 상대방한테 전달이 안 되잖아요.

안양 정보를 뭐 하러 전달해.

손녀 ,,,

안양 우린 정보가 아닌 걸 전달하거든.

손녀 ,,, 그게 뭔데요?

안양 나도 몰라,, 그냥 뿌—연 거 있어.

종삼 응?

안양 그거면 충분해.

손녀 ,,,,

손녀, 애매하게 웃는다.

안양 그치?

종삼 무슨 얘기 하는 거야?

안양 아니, 우리 귀가 먹었잖아. 그 얘기 했어.

손녀 아참,

종삼 아, 그래? 너 귀먹었어?

안양 응?

손녀 ,,, 저기, 잠깐 여쭤보고 싶은 게 있는데요.

안양 응.

종삼 뭔데?

손녀 그게요, 음, 우리 할머니가 좀 잡동사니 같은 거, 아기자기한, 그런 잡동사니 같은 걸 모으는 취미가 있었는데요.

종삼 응, 응.

안양 그랬지.

손녀 그래서 병원 입원실 테이블에 이런 상 같은 게 있었는데, 거기 친구 분들 사진 놓고,

종삼 어머, 정말?

안양 뭐래?

종삼 우리 사진을 놔뒀었대.

안양 세상에, 그랬대? 모란 언니가?

손녀 그리고 사진 앞에다가 무슨 공물처럼,

종삼 응?

안양 공물?

종삼 공물?

손녀 그런 거 공물이라고 안 하나요? 잡동사닌데, 무슨 은행 껍데기로 만든 개도 있고요.

종삼 아니, 왜?

손녀 그걸 잘 모르겠어요. 거북이도 있고.

안양 응?

손녀 또 50원짜리 동전들을 쌓아서 만든 게 있는데요, 엄청 모으셨더라고요. 꼭 갑옷처럼 생겼는데요.

안양 갑옷?

손녀 아니, 갑옷은 아니고, 비늘처럼 생겼는데, 이걸 어떻게 설명하지? 한 이 정도 되는 크기로 거북이를 만드셨어요. 50원짜리 동전으로요. 그게, 거북이가 두 마리가 있어요.

할머니가 마지막까지 그 거북이 얘기를 계속하셨거든요. 그런데 뭐라고 하는 건지 잘 모르겠는 거예요. 세 분 이름이 나오는데, 무슨 얘기가 하고 싶었던 건지 잘 모르겠어서요.

종삼 ,,,

손녀 그게 뭐였을까요? 무슨 얘기가 하고 싶었던 걸까요? 혹시 아세요? 돈이라 함부로 처분도 못하겠고.

안양 거북이?

손녀 네.

종삼 그거 아니야? 몇 년도였지? 61년 동전이랑 같이 모았잖아. 우리도 다 도와주고.

안양 1961년이었나?

종삼 아니야? 그거 모았었잖아.

안양 아, 그거? 완성했지? 다행이다. 다 모았나 보네.

종삼 그러게.

손녀 뭔지 아세요?

안양 그럼~ 그거 모란 언니가 너희 엄마랑 너 태어난 해에 나온 50원짜리 동전을 모아서 만든 거야, 거북이 말이야. 우리도 도와줬어, 모으는 거.

손녀 제가 태어난 해 동전이라고요?

안양 그래, 한번 잘 봐봐. 전부 너랑 너희 엄마가 태어난 해 동전이야.

손녀 ,,,,,네? ,,왜요?

안양 그래, 맞아.

손녀 왜요? 왜 만든 거예요? 그런 풍습 같은 게 있어요?

안양 없을걸. 없지?

종삼 없는 거 같은데? 그런 거 들어본 적 없어.

손녀 ,,,,,, 저,,, 그럼,, 무슨 의미가 있는 걸까요? 태어난 해 동전을 모은다는 게.

종삼 글쎄, 우리도 모르겠네.

손녀 ,,, 네에.

안양 그냥 둘이 태어난 해가 너무 사랑스러워서 그런 거 아닐까?

손녀 ,,,

안양 그 숫자가 사랑스럽고 좋아 죽겠어서.

손녀 ,,, 네에.

사이.

종삼 너도 앉지 그러니?

손녀 아, 전 괜찮아요. 죄송해요. 감사합니다. 저 이제 그만 가봐야겠어요.

종삼 그래, 그래, 고맙다. 오랜만에 얼굴 보니까 참 반갑네.

손녀 ,,, 감사합니다.

종삼 잘 가.

손녀 조심해서 가세요.

안양 어서 가.

종삼 안녕.

손녀, 인사하고 퇴장한다. 가면서 두 사람을 보지만, 두 사람은 멍하니 있다.

종삼 너 버스 타고 가니?

안양 아니.

사이.

종삼 어차피 저세상 가면 다 만나.

안양 저세상이 정말 있을까?

종삼 있겠지. 아무것도 없는 게 말이 돼? 여태 살면서 그런 거 본 적 있어? 분명히 있어.

안양 있을까?

종삼 있지, 그럼. 우리 다시 만나서 넷이서 또 바다 보러 가자.

안양 바다도 있어?

종삼 있겠지. 강도 있는데.

안양 강?

종삼 삼도천 건너간다고들 하잖아.

안양 아, 그렇구나. 강이 있으니까 바다도 있겠구나.

종삼 갈 수 있으려나. ,,,으쌰.

종삼, 일어선다. 안양도 그 모습을 보고 일어서면서,

안양 갈 수 있어. 가깝잖아.

종삼 그렇지?

안양 가자.

종삼 응.

안양, 종삼, 퇴장한다.

모란, 동화, 등장한다. 잠옷에 두꺼운 카디건을 입었다.

2010년.

모란 어라? 여기 아니었나?

동화 반대쪽 아니야? 화장실 나와서 반대로 왔나 봐.

모란 응?

동화 복도가 다 똑같이 생겨서 헷갈려.

모란 늙은이들한테는 미로네, 미로야.

종삼 (목소리만) 모란 언니~

동화 어, 종삼아, 어디야?

종삼 (목소리만) 여기야, 여기.

안양 (목소리만) 여기야.

동화 어머, 이런 데 있었어?

동화와 모란, 퇴장한다.

동화 (목소리만) 화장실 갔다가 반대로 가버렸나 봐.

안양 (목소리만) 못 살아.

모란 (목소리만) 참 넓다. 힘들어.

종삼　(목소리만) 언니, 괜찮아? 힘들어?

모란　(목소리만) 꼭 미로 같아. 여기가 어딘지 모르겠어.

종삼　(목소리만) 그러게, 여기서 까딱 길 잃었다간 뱅뱅 돌다 그대로 저승길로 가겠어.

동화, 안양, 종삼, 모란, 등장한다.

모란　배고파.

종삼　그래? 난 아직 안 고픈데.

안양　나도.

모란　그럼 나도 안 고파.

동화　이봐, 내가 뭐랬어.

종삼, 모란, 안 들리는 척한다.

안양　근데 꽃게탕이라며.

동화　그게 왜.

안양　꽃게탕은 양이 적잖아.

종삼　그래?

안양　꽃게탕은 양보다는 보기에 예쁘다고 꽃게탕이야.

종삼　그런 거야?

모란　맞아.

네 사람, 걷는다.

동화 여기 아냐?

종삼 응? 여기 같은데?

동화 그래?

모란 꼭 미로 같아.

동화 자꾸만 넓히니까 너무 넓어졌어.

안양 여기 우리 지나온 데 아냐?

동화 아니야, 여긴 처음 가는 길 같은데? 이런 거 처음 봐.

종삼 식당 이름이 뭐였지?

안양 도라지 아니었어?

동화 뭐가? 뭐야, 그게?

안양 못 살아. 아까 가르쳐줬잖아, 식당 이름.

동화 어? 그랬나. 나 처음 듣는데.

안양 아까 가르쳐줬어. 자기 괜찮아?

모란 정말 오래된 여관이네.

종삼 문 연 지 70년 됐다고 써놨더라, 진짜인지는 모르겠지만.

모란 귀신 나올 거 같아.

동화 괜찮아. 귀신도 우리 보고 친군가 보다 할 거야.

모란 동화야, 우리 사진 찍자.

동화 응? 여기서?

모란 뭐 어때. 운치 있잖아.

모란, 포즈를 잡는다.

동화 그래, 알았어. 좀 어두운 거 같은데.

모란 독사진 말고, 다 같이 찍자.

동화 여기서?

종삼 그러자, 그러자. 우리 같이 찍자.

종삼, 모란 옆에 서서 동화와 안양을 손짓으로 부른다.

안양 으쌰.

안양, 움직인다.

종삼 동화야, 얼른 와.

동화 아니, 됐어. 그럼 누가 찍어?

종삼 안 돼. 너도 들어 와.

모란 그래, 얼른 와.

동화 그럼 어떻게 찍어?

종삼 내가 찍을게.

동화 어떻게?

안양 팔 뻗어서 찍으면 되잖아. 얼른 들어 와, 얼른.

동화, 세 사람 옆으로 가 팔을 뻗어 찍어보려 한다.

동화　　아구구구구.

동화, 팔이 아프다. 안양이 동화의 팔을 받쳐준다.

안양　　아파?

동화, 끄덕이지만 별거 아니라는 반응이다. 늘 어딘가 아픈 게 일상이다.

동화　　들어왔어? 들어왔어? 모란 언니도 들어왔어?
모란　　응? 들어왔어. 뭐가?
동화　　정말? 찍는다. 이제 찍어. 어?

동화, 핸드폰을 잘못 만진 듯.

동화　　찍는다. 하나, 둘, 셋.
종삼　　찍었어? 찍었어?

종삼, 안양, 핸드폰을 들여다본다.

종삼　　잘 찍었네. 다 들어왔어.

동화 너 많이 늙었다.

안양 너도 늙었어.

동화 꼭 밥 달라고 달려드는 잉어들 같아.

종삼 어우, 그런 말을 왜 해.

안양 잉어가 더 예쁘지.

동화 뭐~

동화, 안양, 종삼, 모란, 걸으면서,

종삼 그거 보내줘.

동화 알았어.

모란 나도.

동화 핸드폰으로 보낼게.

모란 응? 뭐라고?

동화 아니야, 알았어. 뽑아서, 사진관 가서 뽑아서 편지로 보내줄게.

동화, 안양, 종삼, 모란, 퇴장한다.
딸, 등장한다. 뒤를 돌아보며. 1992년. 호텔 방.

딸 엄마 괜찮아?

안양, 등장한다.

안양 응? 괜찮지, 그럼.

딸 마시지도 못하면서 왜 술을 마셔.

안양 괜찮다니까.

딸 밥 맛있었지?

안양 응, 그런데 너무 깔끔하더라.

딸 그랬어?

안양 맛있는데, 좀 너무 고급스럽더라.

딸 그렇지, 뭐.

안양 갑자기 고기 먹고 싶다.

딸 아~ 맞아. 근데 고기는 맨날 먹고 싶지, 뭐.

안양 얘, 우리 내일 서울 가면 용산역에서 스테이크 먹자.

딸 어? 나 모레 출근해야 되는데.

안양 그게 무슨 상관이니? 나도 일 있어.

딸 음—

안양 약속 있어?

딸 음, 좀 볼일이 있어.

안양 ,,,

딸 목욕하러 갈까? 쉬었다 갈까?

안양 아냐, 괜찮아. 안 쉬어도 돼.

사이.

딸 동화 아줌마한테도 같이 가자고 했었는데.

안양 응?

딸 싫다 그러시더라고.

안양 아~ 들었어. 전화로 그러더라.

딸 들었어?

안양 모녀끼리 오붓하게 갔다 오라고. 걔 있었으면 시끌시끌하고 좋았을 텐데.

딸 그러게. 우린 수다도 잘 못 떠니까.

안양 무슨 수다를 못 떠니, 우리가?

딸 우리 그런 거 잘 못하잖아.

안양 그런가?

딸 엄마도 못하잖아. 유전이야.

안양 그런 유전자가 어딨니? 말 잘하고 못하고도 유전이라고?

딸 동화 아줌마는 참 달변가야.

안양 글쎄, 다들 그렇지 않나?

딸 동화 아줌마랑만 노니까 말수가 적어진 거 아니야?

안양 그렇게 붙어 지낸 것도 아닌데, 뭘.

딸 그래? 옆에서 보면 꼭 자매 같아.

안양 지금은 그렇지.

딸 응? 그게 무슨 말이야?

안양 너 중학교 들어갈 때까진 연락 끊고 살았어, 싸

워서.

딸 진짜?

안양 응, 스무 살 때부터 그랬으니까, 15년, 16년쯤?

딸 왜? 그럼 한참을 떨어져 지냈네.

안양 걔 고집이 세잖아.

딸 엄마가 센 거 아니고?

안양 그런가,,, 둘 다 세니까 오래 걸렸나 봐.

딸 와, 어떻게 화해를 했네.

안양 ,, 너 중학생 되고 난 친구도 거의 없었으니까. 이러고 살다가 죽겠구나, 그런 생각이 드는데 내가 너무 한심하더라. 무섭기도 하고. 그래서 내가 먼저 전화했어.

딸 흠~ 왜 그런 거였어?

안양 뭐가?

딸 왜 싸웠어?

안양 그냥 뭐, 여러 가지로.

딸 잠깐만, 아냐, 말도 안 돼,,, 설마 남자 문제는 아니지?

안양 ,,,

딸 말도 안 돼.

안양 왜 말이 안 되니? 그렇게 거창한 건 아니고. 그냥 좀, 아무래도 쭉 붙어 다니니까. 그렇잖아, 같은 환경에 있다 보니까 똑같은 사람을 좋아하게 됐어.

딸 헉. 진짜? 소름.

안양 왜,

딸 그래서?

안양 그래서 뭐,

딸 누가 이겼어?

안양 어?

딸 승자 없는 싸움 뭐 그런 거야?

안양 아니야.

딸 그럼 누가 이겼어?

안양 당연히 나지, 뭘 묻니.

딸 와, 엄마 멋있다. 그래서 싸운 거야?

안양 음~ 그랬지. 아니, 걔가 그러더라. 엄마가 양쪽에 가서, 그 남자한테도 그렇고, 자기한테도 착한 척을 했다는 거야. 우유부단하다나 뭐라나, 왜 그렇게 맺고 끊지를 못하냐고.

딸 나 알 거 같아.

안양 뭘 알아.

딸, 목욕하러 갈 준비를 하면서,

딸 그거, 내 아빠였던 사람 얘기야?

안양 응?

딸　　동화 아줌마랑 같이 싸운 사람.
안양　　아니야, 그 사람이랑은 결혼 안 했어.
딸　　왜?
안양　　그걸 내가 어떻게 아니? 그냥 일방적인 거였어.
딸　　,,, 남자 보는 눈 없는 것도 유전이네.
안양　　그게 무슨 소리니? 남자 보는 눈이 없는 게 유전이면, 벌써 멸망했지.
딸　　엥? 그게 무슨 말이야?
안양　　그럼 대가 끊길 거 아냐.
딸　　아~ 그럼 우리 가문은 내 대에서 멸망이네.

사이.

딸　　가면, 수건 있을까?
안양　　있겠지. 아, 아까 있다 그랬다, 참.
딸　　아참, 엄마, 이거.
안양　　뭐야?

딸, 형광색 별 모양으로 된 배지를 꺼낸다.
밤에 자동차 불빛 등에 비추면 형광빛이 나는 것이다.
안양에게 보여준다.

안양　　이게 뭐야?

딸 아까 기념품 가게에서 샀어. 가방에 달아.

딸, 말하면서 배지의 포장지를 벗겨 장난스레 던진다.
안양, 주우며,

안양 얘, 나 이런 거 싫어. 유치해.
딸 엄마 맨날 어두운 옷만 입잖아. 그런 거라도 달아야지. 안 보여.
안양 내가 어린애도 아니고.
딸 어린애 아니야. 할머니야.

딸, 일어서며,

딸 자, 가자.
안양 잠깐만, 기다려.

딸, 퇴장한다.

안양 잠깐만, 나 아직 준비 못 했는데.

동화, 종삼, 모란, 등장한다. 종삼, 싱긋 웃고 있다.
2010년.

종삼 꽃게탕이야? 그게?

동화 ,, 꽃게탕이었잖아. 잘했던데, 왜. 꽃게탕이 다 그렇지.

종삼 꽃게 딱 한 마리 있더라.

안양 다시마도 있었어.

모란 난 샤브샤브 먹고 싶었는데.

동화 원래 다 그런 거야.

종삼 뭐가 원래 그래?

동화 원래 좋은 요리일수록 그렇게 뺄셈 같은 거야.

종삼 뺄셈? 뭘 빼?

동화 몰라. 원래 더 뺄 게 없을 때까지 빼는 게 좋은 요리야.

종삼 다 뺀다고? 그래서 맛도 그렇게 밍밍한 거야?

동화 그럼 어떡해. 10만 원으로 예산 짜기가 쉬운 줄 알아?

종삼 그건 뭐였을까? 하얗게 생긴 거.

안양 오징어 아니야? 오징어 갈아서 만든 거.

종삼 오징어 맛이 안 나던데.

동화 떡이야, 조랭이떡.

모란 나 그거 6·25 때 먹어본 거 같아.

안양 아무 맛도 안 나던데. 뭐더라? 무스? 메뉴에 그렇게 쓰여 있었을걸?

모란, 메뉴판을 보고 있다.

종삼 어머, 언니 메뉴판 가져왔어? 꼼꼼해라.

모란 이거 너무 작다. 글자가 너무 작아. 꼭 개미 기어 다니는 거 같네. 안 보여.

종삼, 약 같은 것을 꺼내 먹기 시작한다.
동화, 그 모습을 보고 있다.

종삼 아, 이거? 글루코사민.

동화 응?

종삼 글루코사민, 몰라? 얼마나 좋은데~ 나 이거 안 먹었으면 걷지도 못했을 거야, 진짜.

안양 어머, 정말?

종삼 봐, 무릎 있지? 여기 쿠션, 연골? 이 연골이 말도 못하게 부드러워져.

동화 응? 부드러워진다고?

종삼 어? 응, 여기 보면, 와이지라는 회사에서 나오는 게 제일 좋아. 여기 봐. 내가 여러 군데 거 다 먹어봤는데, 여기가 최고야. 무릎이 말랑말랑해져.

안양 어~ 그래?

종삼 내가 4년을 계속 먹고 있거든. 어머, 내가 말 안 했나?

종삼, 혀를 삐죽 내밀며 가볍게 자기 머리를 콩 치는 시늉.

종삼 아~ 미안, 미안. 내가 깜빡했나 봐. 이거 회원 등록 안 하면 못 사거든. 텔레비전에서도 많이 나오잖아, 선전으로. 우리끼리만 하는 얘긴데, 그거 다 가짜야. 그거 글루코사민 아니야. 와이지에서 나오는 건 야채에서 뽑은 거거든. 아, 모란 언니한테는 얘기했다, 그치?

모란 어?

종삼 글루코사민, 얘기했잖아. 무릎, 무릎에 좋은 거.

모란 ,,, 응?

종삼 안 들리는 척하네.

안양 ,,,

모란 내가 언제.

동화 글루코사민?

종삼 그래, 글루코사민. 자, 안양아, 이거 좀 먹어봐. 아주 달라질 거야. 하루에 세 번만 먹으면 무릎 아픈 게 싹 없어져.

안양 하루 종일 먹어야 되네.

종삼 응? 응, 이거 한 알에 3천 원도 안 해.

안양 ,,, 아, 그럼 하루에 거의 만 원어치네.

종삼 그렇지. 1년 치 사면 대충 한 알에 3천 원 정도 되나? 한 3천 8십 원인가 3천 2백 원인가 그럴 거야.

안양 왜 점점 비싸져.

동화 근데 그거 알아?

종삼 뭘? 내가 다 알지.

동화 글루코사민은 입으로 먹으면 흡수가 안 된대.

종삼 응?

안양 아, 그런 얘기 들어본 거 같아.

종삼 아~ 아~ 그건 다른 회사 거, 다른 회사가 만든 가짜 글루코사민은 그런데, 와이지가 만든 건 다 잘되게 만든 거야.

동화 아니, 입으로 먹으면 안 된대. 흡수가 안 되고 다 빠져나간대, 입으로 먹으면.

종삼 그럼 어디로 먹어?

동화 아니, 그러니까 먹는 게 아니라고.

종삼 어?

동화 진짜배기들은 주사로 맞는대, 무릎에.

안양 무릎에? 주사로? 자기가 직접?

동화 ,, 그렇다던데? 나도 잘은 몰라.

종삼 누가 그래?

동화 어? KBS,, KBS에서 그러던데?

종삼 , 그런데 내가 이거 먹고 무릎이 좋아졌으니까 흡수가 된 거야.

동화 그래, 그래, 그럼 잘됐네.

종삼 글루코사민이 연골을 다시 만들어주거든. 막 쓰면 닳을 거 아냐? 연골이. 그런데 글루코사민이 그걸 새로 만들어주는 거야.

안양 새로 만들어?

종삼 좋게 만든다고.

안양 좋게~

동화 그런데 위에서 흡수가 안 된다니까. 글루코사민은 크거든, 위보다, 위 점막보다.

종삼 그럼 어디서 흡수가 돼?

동화 아니, 흡수 안 된다고.

종삼 그럼 왜 팔아?

동화 먹는 사람이 있으니까 팔겠지. 막 사람들한테 사라 그러고 다니잖아. 그러니까 뭐, 믿고 먹으면 좋아지는 거 같지 않겠어? 글루코사민은 흡수도 안 되는데, 기분에 다 나은 것 같고? 난 그것도 그거대로 좋다고 봐.

종삼 ,,, 흡수가 되니까 팔지.

안양 응, 그리코사민이 흡수가 되는 사람도 있고, 안 되는 사람도 있나 보다.

동화 흡수되는 사람은 없어. 인간은 흡수 못 시켜.

종삼 그런데 나는 흡수되던데. 무릎 이제 안 아파.

동화 그래, 그래, 그러니까 그럼 잘된 거지. 그런 믿음으로 행복해지면 된 거야.

안양 그러네.

종삼 아니, 믿음이 아니라 정말로 흡수가 된다니까. 내가 제일 잘 알지.

동화 그래도 그걸 남한테 막 사라고 하고, 그렇게 강요하고 그러면 나는 가만 못 있지.

종삼 내가 언제 강요했어? 정말로 좋으니까 추천한 거잖아.

안양 강요라고 한 건 좀 심했다, 그건 좀 심했어.

동화 그래, 알았어, 알았어. 나쁜 마음으로 그런 게 아닌 건 알겠는데, 그렇게 종삼이 너만 혼자 고립되고, 남들이 너 피하고 그럼 안 좋잖아.

종삼 왜? 왜? 내가 왜 고립돼? 나 너보다 친구 많아.

안양 그런 말은 하는 거 아니야. 동화도 친구 있어, 적어서 그렇지.

동화 아니, 내가 원래 몰려다니고 그런 거 안 좋아하는 사람이거든. 안양보단 친구도 많고.

안양 맞아. 나 친구 없어.

종삼 동화 너는 나이 먹으면서 점점 기가 세지더라. 글루코사민 한번 먹어보지그래? 이거 먹으면 심보도 말랑말랑해진대.

동화 말도 안 돼.

종삼 뭐가 말이 안 돼? 뇌랑 무릎 연골이 같은 성분이거든.

동화 누가 그래?

종삼 ,, KBS.

안양 에이, 그건 거짓말이다.

종삼 그런데 정말 잘 든단 말이야, 4만 5천 명이 와 이지 글루코사민 먹고 좋아졌다고 그랬어. 동화 너는 지금 혼자 안 듣는다고 그러는 거잖아.

동화 안 들으니까 안 듣는다고 하지. 그게 이치야.

모란, 입을 벌린 채 돌아가는 상황을 지켜보고 있다.

안양 4만 명이나 먹었으면, 그중에서 드는 사람도 있나 보다.

종삼 4만 5천 명.

동화 그렇게 믿음이 강한 사람이 4만 명이나 있다는 소리야.

종삼 아니, 왜 그렇게 단정을 지어?

동화 그게 맞으니까.

종삼 그럼 글루코사민 만든 사람 앞에 가서도 똑같이 말할 수 있어?

동화 어?

종삼 매일매일 뜨거운 불 앞에서 글루코사민 한 냄비 끓인다고 온종일 서 있는 사람 앞에 가서 똑같이 말할 수 있냐고?

동화 하지, 왜 못 해.

종삼 ,, 못 할걸.

안양 그래, 동화도 먹지 말라는 건 아니잖아.

동화 응, 먹지 말라는 게 아니라,

안양 그래, 그래, 먹지 말라는 게 아니라, 남한테 먹으라고 할 것까지는 없다, 그런 거잖아.

동화 응, 맞아, 그러니까.

안양 그래, 그래, 그러니까, 그치? 그리코사민이,

종삼 글루코사민.

안양 글루코사민이 몸에 좋은 건 맞는데,

동화 아니라니까, 내 말은.

안양 알았어, 알았어. 그래, 흡수는 안 된다는 거잖아. 그래, 그래, 그런데,

종삼 안양 너는 왜 그래?

안양 응? 왜?

종삼 왜 맨날 동화 편들어?

안양 어머, 잠깐만, 내가 언제? 내가 언제 편을 들었어? 아니야, 지금은 너 변호해주고 있는 거잖아.

종삼 아니야, 맨날 동화 편만 들어.

동화 친군데 당연하지.

안양 아니, 지금은 종삼이 편들었다니까, 나.

종삼 이거 봐. 이러니까 난 맨날 모란 언니 뒤치다꺼리만 하고.

안양 아니, 잠깐, 왜 그래.

종삼 걸을 때도 둘만 먼저 가버리고. 맨날 나랑 모란 언니만 뒤로 처져서 내가 수발 다 들고. 둘은 부리나케 가버리잖아. 언니는 자꾸 이상한 기념품 보느라 움직일 생각도 안 하고. 뭐라고 하는 건지도 못 알아먹겠고.

안양 그건 모란 언니가 널 좋아하니까 그렇지. 그치?

모란 ,, 어?

종삼 그건 아는데, 난 넷이 다 같이 얘기하고 싶단 말이야, 둘 둘로 찢어지지 말고, 넷이서.

동화 지금 그런 얘기가 왜 나와? 지금은 글루코사민 얘기하고 있었잖아. 화제 바꾸지 마.

안양 응, 그런데 그리코사민 얘긴 그만해도 되잖아.

종삼 글루코사민.

동화 뭐라고? 너 아까부터 자꾸 누구 편이야? 왜 맨날 양쪽에 가서 착한 척해?

안양 내가 언제? 이게 다 니가 기가 세서 이렇게 된 거잖아. 난 관계없어.

동화 있어.

안양 없어. 동화 너 요즘 이상하더라. 툭하면 화내고, 짜증 내고.

동화 나 원래 그래. 너 옛날부터 나 그런 사람이라고 정해놨지? 툭 하면 짜증 내는 사람으로 정해놨지?

안양 어?

종삼 이거, 칼슘 약도 있거든, 와이지에서 나온 건데.

모란 그만 좀 해. 글루코사민 때문에 싸우지 좀 마.

모란, 일어서서 접이식 손수레를 끌며 나가버린다.

종삼 아.

안양 아.

동화, 안양, 종삼, 어안이 벙벙하다.

동화 뭐야. 어떡하지?

종삼, 모란이 나가버린 쪽을 바라보고 있다.

동화 너 때문에 이게 뭐야.

종삼 나?

안양 빨리 쫓아가야지. 넘어져서 다리라도 부러지면 큰일 나.

종삼 ,,

안양 언니~

동화 모란 언니~

세 사람, 각자 모란을 부르며 쫓아간다. 일단 퇴장한다.
모란, 등장한다. 계속 걷는다.
동화, 안양, 종삼, 등장한다.

안양　저깄다, 정원 쪽. 봐봐.
동화　어?

모란, 정원 건너편에 있다.

종삼　아, 저깄다, 연못 있는 데, 복도.
동화　아.

모란 엄청난 속도로 걷는다. 접이식 손수레로 급커브를 꺾기도 한다.

종삼　모란 언니.

모란, 그 소리를 듣고 돌아본다.
모란과 동화, 안양, 종삼은 안뜰을 사이에 두고 서로 바라본다.
모란, 달리기 시작한다.

동화　앗.

동화, 안양, 종삼도 엄청난 속도로 쫓는다. 모란의 모습은 보이지 않는다.

1대 3으로, 등장과 퇴장을 반복한다.

모란, 가끔 뒤를 돌아보며 달려간다.

동화, 안양, 종삼은 모란의 속도를 따라잡을 수 없다.

안양 왜 이렇게 빨라.

동화 못 쫓아가겠어.

종삼 흩어지자.

동화, 안양, 종삼, 흩어진다.

모란, 엄청난 속도로 움직인다.

동화 모란 언니.

모란과 동화, 경쟁을 시작한다. 하지만 모란이 이기고, 동화는 나가떨어진다.

동화 말도 안 돼. 어떻게 저렇게 빨라.

그때, 모란의 앞에 종삼이 나타난다. 그대로 갔다가는 충돌하고 만다.

모란, 급커브를 돈다.

종삼 앗.

모란 안 돼.

모란, 계속 간다.

모란 크으, 잘못 꺾었다.

접이식 손수레가 꾸불꾸불 지그재그로 간다.

모란, 다시 바로 잡으려 하다가, 멈춘다.

모란 망했다.

모란은 안양, 종삼, 동화에게 둘러싸인다.

안양 다 끝났어, 언니. 더는 도망 못 가.

모란 ,,,

안양 왜 도망을 가?

동화 길 잃으면 어쩌려고.

모란 ,,,, 너희들 다 못됐어.

동화, 안양, 종삼은 모란에게 조심조심 다가간다.

종삼 그래, 미안해, 언니. 내가 언니 성가시다고 한

거 정말 미안해.

모란 어? 그런 말을 했어?

종삼 ,,, 아니, 안 했어.

모란 난 다 같이 사이좋게 지내고 싶어. 글루코사민 때문에 안 싸웠으면 좋겠어.

종삼 싸우기는 누가 싸워, 그치?

동화 응.

모란 이거 우리 마지막 여행이잖아. 넷이서 하는 마지막 여행이잖아.

동화 무슨 소리야? 또 여행 가야지, 넷이서.

모란 난 못 가. 이번이 마지막이야.

동화 그런 말 하지 마, 응? 정말로 미안해. 내가 요즘 자꾸 짜증이 나서 그래. 알면서도 잘 안 고쳐져.

종삼 그래, 또 같이 여행 가자. 이제 다신 안 싸울게.

모란 나도 다 알아. 이제 못 가. 우리 다 나이를 너무 먹었어.

안양 ,, 그래도 아직 괜찮아. 다리가 그렇게 빠른데.

모란 이렇게 여행하는 건 이번이 마지막이야. 알았지? 마지막이니까 우리 재밌게 놀자.

안양, 모란을 만진다.

안양 그런 소리 말고, 우리 또 여행 가자.

종삼과 동화도 만진다.

모란 ,,,

모두, 모란에게 다가와 앞을 본다.

딸 (목소리만) 불 끌게.
안양 응.

불이 꺼지며 어두워진다. 1992년. 호텔 방.
딸, 등장한다.

딸 작은 불도 끌까?
안양 응.
딸 나 요즘 깜깜하면 잠을 못 자.
안양 왜?
딸 딱히 이유는 없어.

사이.

안양 내일 우리 집에서 자고 가지.
딸 모레 출근해야 된다니까.
안양 나는 뭐 일 없니?

딸 알았어. 미안해.

안양 ,,, 밥도 못 먹어?

딸 응, 용산역까지 같이 가고, 나 그냥 갈게.

안양 ,,,

딸 잘 자.

안양 잘 자.

딸, 불을 끈다.

사이. 2010년. 방.

종삼 자?

사이.

종삼 다들 자?

사이.

종삼 벌써 자?

안양 안 자.

동화 화장실?

종삼 아니, 좀 전에 갔다 왔잖아.

동화 안 갔어.

종삼 갔어, 갔지? 어? 안 갔나?

동화 안 갔어.

안양 갔어, 눕기 전에.

동화 갔어? 안 간 거 같은데.

종삼 아유, 갔어, 갔어. 목욕하러 갔다가 모란 언니 잠든 거 일부러 깨워서 다 같이 갔다 왔잖아.

동화 그랬어? 안 간 거 같은데, 나 얼른 갔다 올까?

안양 에이, 아냐, 안 가도 돼. 방금 갔다 와놓고. 마려워?

동화 응.

종삼 나도 마려워.

안양 왜, 아직 30분도 안 지났어.

동화 정말?

안양 괜히 기분에 가고 싶은 거야. 안 가도 돼. 그렇게 빨리 차겠어?

종삼 그러게. 착각했나 봐.

웃는다.

모란 뭐가?

동화 어, 깼네.

안양 어머, 우리 때문에 깼어?

모란 잠이 안 와.

종삼 어디 안 좋아?

모란 흥분돼.

안양 왜?

모란 너무 좋아서. 자기 아까워. 잠들면 그대로 죽을 거 같아.

동화 무슨 그런 소릴 해.

웃는다.

모란 지금 같아선 이대로 죽어도 좋겠어.

동화 무슨 말 하는 거야. 그거 누가 치우라고.

종삼 동화야, 고마워. 일일이 다 알아보느라 고생했지.

동화 왜 이래, 갑자기.

종삼 전부 다 예약도 잡아주고.

모란 맞아.

동화 뭐, 아직은 건강하니까, 이 정도는 해야지.

안양 너 치매 걸리면 안 된다.

동화 그러게 말이야.

종삼 다들 조심해.

모란 난 틀렸어. 벌써 오락가락해.

웃는다.

모란 내일이면 집에 가네.

안양 다음에는 2박 3일로 해야겠다.

종삼 우리 집 양반 괜찮으려나.

동화 괜찮아. 고양이도 2박 3일은 혼자 잘 있어.

종삼 고양이보다 손이 더 가는 양반이라.

웃는다.

모란 내일, 바다 들렀다 가도 돼?

종삼 응?

모란 내일, 바다 보고 싶어. 바다, 금방이지?

안양 한참 내려가야 되는데.

모란 그래? 하긴 우리가 많이 올라왔구나.

동화 자, 그만 자자.

종삼 잠이 다 깨버렸어.

동화 내일 일찍 일어나야 되니까 얼른들 자.

안양 알았어, 알았어. 잘 자.

모란 잘 자.

종삼 잘 자.

동화 잘 자.

사이.

동화 아무래도 나 화장실 갔다 와야겠어.

안양 아유, 안 가도 돼—

모두 웃는다.

서서히 밝아진다. 2018년.

안양과 동화가 마주 보고 있다. 서로를 물끄러미 바라보고 있다.

동화 ,,

안양 너무 오랜만이지? 그동안 못 와서 미안해. 집 앞이 언덕길이라 다니기가 힘들거든. 그래서 오늘도 집 앞까지 차를 불러서 타고 왔어.

동화 응, 응, 그렇지. 네, 네.

안양 정말 오랜만이지?

동화 ,,, 아, 그렇죠.

안양 ,, 몇 년 만이지?

동화 그러게 말이야.

안양 ,,

동화 오늘은 날씨가 참 좋다.

안양 그러게. 바람도 세고, 구름도 많네? 비가 올지도 모르겠다.

동화 그래, 맞아. 아 그렇구나,,, 어디서 왔수?

안양 응?

동화 어디서 오셨냐고?

안양 뭐라고? 나, 귀가 잘 안 들려.

동화 양로원에서 나오셨나? 양로원? 양로원 분이셨나?

안양 아니야, 양로원 아니야.

동화 거기서 왔나 보네. 누구세요?

안양 ,, 안양, 나 안양이야.

동화 어?

안양 안양.

동화 어?

안양 안, 양. 안양 사는 안양.

동화 아~ 안양? 안양이는 내 친군데. 내 제일 친한 친구예요.

안양 어마, 그래? 고마워.

동화 여기 앉아 봐요. 아무것도 드릴 게 없네. 자, 거기 의자에 앉아요. 위에 있는 애는 치우고.

안양 어디 앉으라고? 아, 그럴까? 어디 그럼.

안양, 고양이 인형을 치우고, 동화는 손을 내민다.
안양은 동화에게 고양이 인형을 건넨다.
안양, 천천히 앉는다.

안양 으이, 쌰,,, 아구구구구.

동화, 고양이 인형을 쓰다듬는다.

동화 어디서 왔다고?

안양 집에서 왔지.

동화 아, 그래? 어디? 어느 집? 여긴 재미없어. 놀이 시간이 있는데, 나 그거 싫어. 다 같이 체조하고, 노래도 하고, 그게 뭐야, 바보같이.

안양 어, 그래? 동화 너는 싫겠다. 협동심이 없잖아, 원래.

동화 어? 그래, 맞아. 그래서 몰래 도망가고 싶은데, 글쎄 틀니를 훔쳐가, 여긴.

안양 어머 너 틀니 하니? 나돈데, 볼래?

동화 어? 너도? 너 틀니야? 아유, 징그러.

안양 맞아. 나도 징그러.

동화 다들 틀니야. 틀니 훔쳐갈까 봐 다들 얼마나 조심한다고. 여기 직원들이 훔쳐가거든.

안양 그거 참 큰일이네. 틀니를 훔쳐가면 어떡해—

동화 보통 일이 아니지. 다리 아파서 잘 걷지도 못하는데, 틀니가 없으면 안 되지, 그치?

안양 응, 그렇지.

갑자기 고양이 인형에게 말을 건다.

동화 야옹아.

안양 어? 나 안양이라니까.

동화 야옹이, 우리 고양이. 안양이는 내 친구라니까.

안양 응, 그게 나라고.

동화 안양이는 나 보러도 안 오고, 뭐 하고 사나.

안양 미안해. 나도 다리가 안 좋아서 재활 다녀. 거기 선생님이 이거 하라 저거 하라 하는데 성가셔 죽겠어.

동화 어? 그래, 맞아. 그 애는 지금 어디 있을까? 잘 살았으면 좋겠는데.

안양 아니, 내가 안양이라니까. 야단났네. 얘가 이제 나도 못 알아보네. 정신을 놔버렸어.

동화 응? 나도 알아. 내가 그 정도는 알지. 이제 그만 어디다 묻어줬으면 좋겠어, 나 같은 거. 죽으면 거기 어디 묻어줬으면 좋겠어.

안양 뭐? 묻어달라고? 너 아무리 바싹 말라도 그렇지, 니가 무슨 고양이니.

동화 고양이는 못 묻어. 화장했어. 2백만 원 주고.

안양 어머, 너 고양이 화장했어?

동화 응, 고양이도 죽어버리더라. 그래서 애를 만들었어. 새로 키울 수도 없잖아. 이제 나도 곧 갈 텐데. 그런데 애는 재미가 없어. 너무 얌전해. 말도 안 하고.

안양 너희 고양이 죽었어? 언제 죽었어?

동화 한참 됐어. 우리 고양이를 알아? 누구세요?

안양 나 안양이라니까.

동화 ,,, 안양?

안양 그래, 안양.

동화 아~ 안양. 안양이는 정말 나 없으면 큰일 나는 앤데, 어디서 뭘 하고 사는지.

안양 큰일은 무슨. 그 애도 잘 살고 있을 거야.

동화 아니야, 말도 마. 아주 넋이 쏙 빠져서 기운이 하나도 없는 게 당장 죽을 거 같았잖아.

안양 그땐 할 수 없었지. 그런 일을 당하고 안 그럴 사람이 있어?

동화 그렇기는 해. 그때 정말 가여웠어.

안양 그랬지.

동화 그래도 요즘엔 기운을 차렸어. 이번에 안면도로 여행가기로 했어.

안양 맞아. 그때 참 재밌었어. 다들 건강했으니까.

동화 다들 건강할까?

안양 글쎄, 그것도 한참 전이라.

사이.

동화 너 집에 안 가?

안양 어?

동화 나 이제 점심 먹어야 돼.

안양 어~ 그래? 시간이 아직 이른데.

동화 응, 나 이제 힘들어. 이제 너 집에 가.

안양 어? 갈까?

동화 응.

안양 그럼 또 올게. 또 올 수 있을지 모르겠네. 이렇게 멀리 또 어떻게 와.

동화 그러게.

안양 으이싸, 으이싸.

안양, 일어선다.

안양 아구구구구구.

안양, 허리에 손을 꼭 가져다 댄다.

안양 자, 그럼 나 또 올게. 올 수 있을지 모르겠다.

동화 응, 그래.

안양 그래도 우리 또 만나자.

동화 응, 재밌었어. 내일 또 와.

안양 그래, 재밌었어.

동화 또 와.

안양 응, 또 올게.

동화 너랑은 마음이 잘 맞아.

안양 나도 그래. 우리 둘이 제일 오래 만났으니까.

동화 그럼 가. 나 이제 점심 먹어야 돼.

안양 어, 그래, 점심시간이구나.

동화 응, 빨리 안 가면 여기 직원들이 반찬을 막 뺏어 가. 너도 조심해.

안양 응, 그럼 갈게. 동화야, 우리 또 만나자.

동화 그래, 또 보자.

안양 응, 또 보자.

동화 응, 조심해서 가.

안양 그래, 잘 있어.

동화 응, 잘 가.

안양 안녕.

동화, 퇴장한다.

안양, 느릿느릿 걷는다.

딸, 반대편에서 등장한다.

딸 걸음이 왜 이렇게 느려.

안양 니가 빠른 거야.

딸 얼른 와.

안양 먼저 가. 나 혼자 가면 돼.

딸 왜? 중간까지는 같이 가야지.

안양 ,,,

딸 왜?

안양 ,,

딸 그냥 용산역에서 밥 먹고 헤어질까? 고기 먹고 싶지?

안양 아니야, 너 어디 가야 된다며.

딸 응.

안양 난 집에 가서 혼자 먹으면 돼.

딸 가자.

안양 아니야, 나 혼자 천천히 갈게.

딸 ,, 그럴래?

안양 ,,

딸 그럼, 엄마, 미안. 다음에 꼭 같이 먹자. 알았지?

안양 ,,

딸 그럼 나 먼저 갈게.

안양 ,,

딸 갈게, 엄마.

딸, 퇴장한다.

안양, 혼자 잠시 멈춰 선다.

안양 ,,,, 너,, 왜 나 두고 먼저 갔니?

바닷소리. 2010년. 바닷가.

동화, 종삼, 모란이 등장한다.

바다를 보고 있다.

종삼 이제 다 끝이네.

모란 응?

종삼 이제 다 끝이야.

동화 우리 또 여행 가자.

안양 그래, 또 가자.

네 사람, 바다를 보고 있다.

모란 다들 정말 고마워, 나 데리고 와줘서.

종삼 어색하게 왜 그런 소리를 해.

모란 덕분에 정말 너무 재밌었어. 고마워.

동화 뭐야. 나야말로 고맙지.

모란 내 다리 땜에 귀찮았지?

안양 그런 말이 어딨어.

종삼 정말 잘 놀다 간다.

모란 맞아. 정말 잘 놀았어.

사이.

안양 나는 지금이 제일 좋더라.

동화 지금이 언젠데?

안양 해가 막 떨어지고 빛이 조금 남아 있을 때.

동화 왜?

안양 글쎄, 감질나게 남은 게 좋은 건가? 맛있는 주스가 컵 밑바닥에 딱 한 모금 남았을 때, 그게 제일 맛있잖아.

종삼 그런가?

동화 알 것 같기도 하고.

안양 알 것 같아?

종삼 나도 그거 좋아.

안양 그렇지?

모란 딱 우리 같아서 좋은 거 아니야?

안양 어?

모란 우리 남은 인생이 딱 그렇잖아.

종삼 그런가? 우린 벌써 해 다 저물어서 깜깜한 때 아니야?

동화 그럼 도로 금방 해 뜨겠네.

안양 정말.

웃는다.

안양 또 뜨면 안 돼.

종삼 그러게 말이야.

동화 한 번 더 살아야 돼.

모란 아이고, 이제 고만 할래.

안양 나도.

동화 한 번이면 됐어.

안양 맞아. 한 번이면 충분하지.

모두 바다를 본다.

파도 소리.

끝.

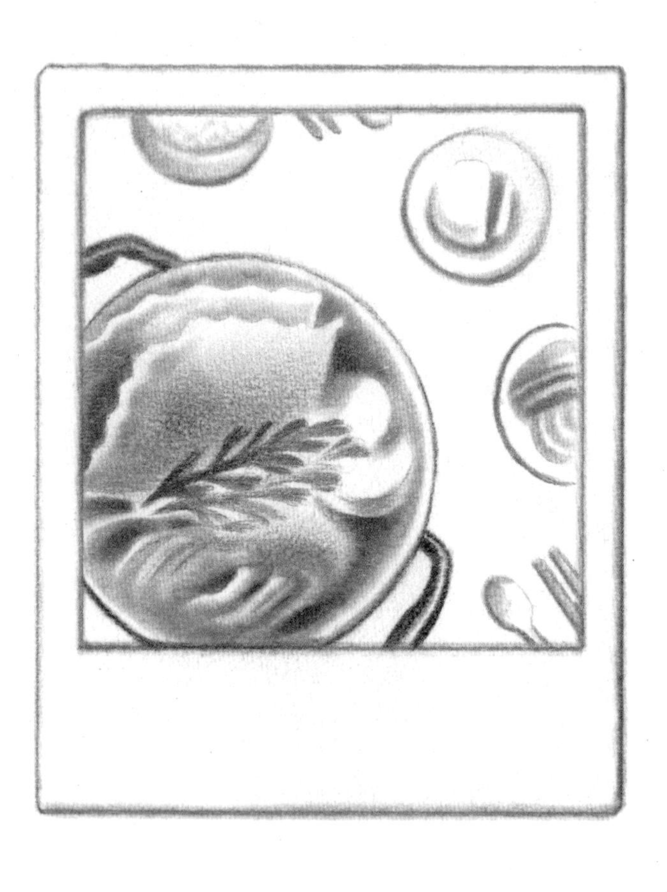

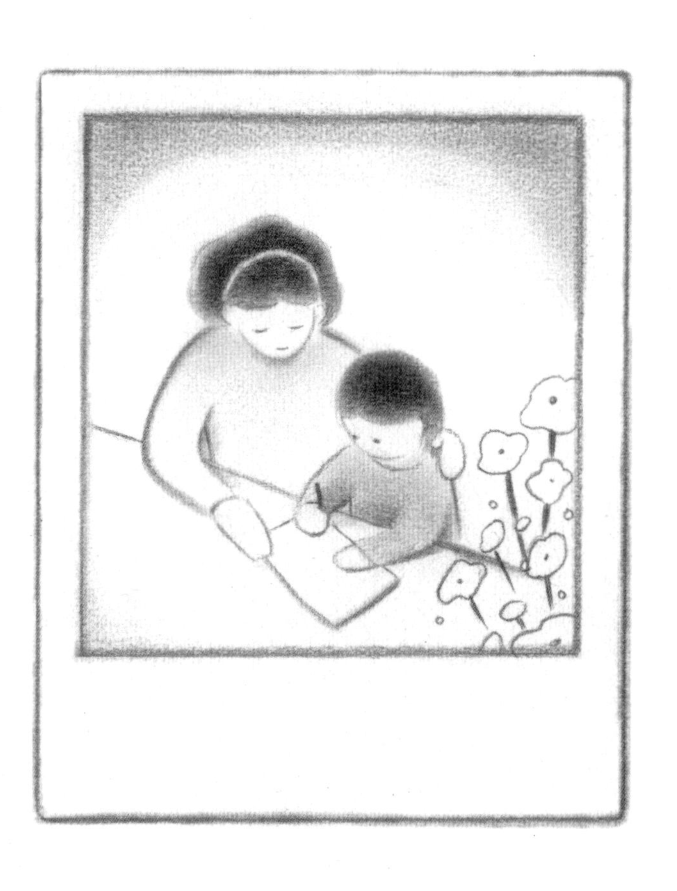

응, 잘 가

1판 1쇄 찍음 2024년 4월 15일
1판 1쇄 펴냄 2024년 4월 30일

지은이 마에다 시로
옮긴이 이홍이
펴낸이 안지미
CD Nyhavn
그린이 조은혜

펴낸곳 (주)알마
출판등록 2006년 6월 22일 제2013-000266호
주소 04056 서울시 마포구 신촌로4길 5-13, 3층
전화 02.324.3800 판매 02.324.7863 편집
전송 02.324.1144

전자우편 alma@almabook.by-works.com
페이스북 /almabooks
트위터 @alma_books
인스타그램 @alma_books

ISBN 979-11-5992-398-2 04800
ISBN 979-11-5992-244-2 (세트)

알마출판사는 다양한 장르간 협업을 통해 실험적이고 아름다운 책을 펴냅니다.
삶과 세계의 통로, 책book으로 구석구석nook을 잇겠습니다.